SECONDE RESPONSE aux moyens alleguez au Conseil du Roy, par les Consuls & Habitans de S. Tibery, dans vn Factum qu'ils ont fait imprimer, & qu'ils ont distribué sur la fin du mois d'Aoust de la presente année 1667. pour seruir de replique à la premiere réponse produite le 7. Iuillet dernier par Messire Maurice Bruslet Abbé de S. Tibery.

DANS LAQVELLE L'ON FAIT VOIR LA CONTINVATION de la mauuaise foy de ces Habitans, lesquels ne pouuant pas détruire les raisons qui se trouuent dans la premiere réponse du sieur Abbé, luy font dire des choses ausquelles il n'a iamais pensé, & ont si fort déguisé la verité, qu'ils sont tombez dans vne infinité d'erreurs. Il est vray qu'on ne doit pas attendre beaucoup de sincerité dans des personnes qui trauaillent depuis plus d'vn siecle à couurir l'vsurpation qu'ils ont faite de la plus grande partie des droicts Seigneuriaux du lieu, en essayant de faire perdre l'entiere Seigneurie à l'Eglise, à laquelle elle appartient par des tiltres si autentiques, qu'il seroit difficile d'en trouuer de plus legitimes.

Cette affaire est vne des plus importantes qui se puissent presenter pour l'interest du Roy, dans la juste recherche qui se fait de l'vsurpation de ses Domaines. Les habitans.

Response de l'Abbé. IL est vray que cette affaire est vne des plus importantes qui se puissent presenter au Conseil, pour l'honneur, & mesme pour l'interest du Roy. Car il est de son interest & de sa Iustice, de faire connoistre à tout le Royaume, qu'en voulant recouurer le Domaine qui luy a esté vsurpé, il n'a pas intention de prendre celuy de l'Eglise & des particuliers, ny de tenir la main à des Vassaux perfides, qui ont fait saisir vne partie d'vne Seigneurie, apres auoir vsurpé l'autre, en soûtenant, contre la verité, qu'elle est de l'ancien Domaine de la Couronne. Ce qui leur a esté impossible de iustifier, quoy qu'ils ayent eu plus d'vn siecle pour chercher les actes qu'ils deuoient auoir en main, quand ils ont requis que la Seigneurie fust saisie.

Il est donc important que le public voye, que le Roy n'approuue pas que des Vassaux s'approprient la plus grande partie d'vne Seigneurie, & que pour couurir leur vsurpation, ils appellent le Prince à leur secours, pour luy faire part du reste du butin. Car estant iustifié, comme il est, que lors que les habitans de S. Tibery ont demandé au Conseil que la Seigneurie du lieu fust saisie comme vsurpée sur le Domaine, ils n'auoient pas aucun titre pour iustifier ce faict, & qu'au contraire, les actes sur lesquels ils l'ont voulu establir, font voir euidemment, que les Abbez estoient Seigneurs du lieu auant la conqueste du Languedoc; que a l'vn d'eux a soûmis cette Seigneurie à vne redeuãce annuelle au profit de nos Roys, que ces predecesseurs n'auoient iamais payée, & que ces habitans n'ont demandé cette saisie que pour profiter de la plus grande partie des droicts Seigneuriaux, qu'ils detiennent encore injustement sans aucun titre legitime. Il est de l'interest du Roy, de faire connoistre la seuerité de sa Iustice, contre des entreprises de cette qualité, afin que tout le monde sçache, qu'vn Roy Tres Chrestien, n'est pas capable de tirer auantage de la perfidie & de la rebellion commise par des Vassaux contre leur Seigneur legitime, pour dépoüiller vne Eglise de son patrimoine, laquelle ayant contracté vne alliance particuliere auec vn de ses predecesseurs, par vne transaction solemnelle du 19. Avril 1273. il n'est pas au pouuoir de sa Majesté de la violer, & de commettre vne infidelité, pour enleuer le bien d'vne Eglise, qu'il est obligé de luy conseruer, quand il n'y auroit que cette seule transaction.

a Vide la trãsaction de 1273. dans le grand imprimé page 41.

Il est mesme certain que le Roy, qui a vne inclination particuliere pour la Iustice, & qui ne haït rien tant que la fraude, la tromperie, & l'oppression, conceura beaucoup d'indignation quand il sçaura que ces habitans se sont seruis de l'autorité de l'vn de ses predecesseurs, pour frustrer l'Eglise de S. Tibery, & les pauures du lieu, d'vn reuenu considerable, en retenant la meilleure partie des droicts Seigneuriaux, & faisant saisir l'autre, sur vn pretexte qui s'est trouué faux & contraire aux actes sur lesquels on l'a voulu establir. Et lors qu'il verra qu'ils ne peuuent deffendre cette saisie que par le temps qu'elle a duré, qui ne sert neantmoins qu'à les rendre plus criminels, & à faire connoistre la durée de leur malice, qui ne peut estre chastiée que par vne seuere condemnation, qui leur apprenne, qu'il ne faut pas que les Vassaux employent l'autorité du Roy & du Conseil, pour dépoüiller vne Eglise de son patrimoine.

Les habitans. *Car il s'agit de sçauoir si le Roy est Seigneur de ladite ville de Saint Tibery, ou l'Abbé du lieu. Les Consuls soustiennent le droict de sa Majesté, & que la Iustice & Seigneurie du lieu de Saint Tibery luy appartient, comme ayant toûjours appartenu aux Vicomtes de Beziers.*

L'Abbé. La seule question sur laquelle les parties ont esté reglées, regarde la demande que les habitans ont fait au Conseil en cassation de l'Arrest du Parlement de Tolose du 18. Aoust 1632. comme rendu, disent-ils, par attentat, & au préjudice de l'instance pendante au Conseil depuis 1557. & sur la main-leuée requise par M. l'Abbé de la saisie d'vne partie de la Seigneurie qui a esté faite à la poursuite des habitans, qui se sont soûmis de restituer les fruits & droicts saisis à celuy à qui la Seigneurie sera adjugée.

Il est vray que cette saisie à pour fondement la supposition que firent les habitans au Conseil, quand ils mirent en faict que la Seigneurie estoit de l'ancien Domaine de la Couronne, & qu'elle auoit appartenu aux anciens Vicomtes de Beziers. Ce qu'ils n'ont pû encore iustifier. Le contraire estant mesme prouué par M. l'Abbé qui a fait voir que la Seigneurie appartenoit à son Abbaye du temps de ces Vicomtes.

Les habitans. *Pour l'éclaircissement de cette proposition il importe de sçauoir d'abord ce que l'Histoire du Languedoc nous apprend, que lors de la guerre contre les Albigeois, les biens des Vicomtes de Beziers furent confisquez, & que Simon de Montfort s'en rendit le maistre & le possesseur par le droict des armes & de la Victoire contre Raymond Roger lors Seigneur de Saint Tibery, & Raymond Trincauel qui fust obligé de se refugier en Espagne.*

L'Abbé. L'auteur de ce Factum suppose en cet endroit qu'il y auoit deux Vicomtes de Beziers, lors que Simon de Montfort conquit ce Vicomté en 1209. sçauoir Raymond Roger & Raymond Trincauel, voulant que Roger & Trincauel fussent de differentes familles, & que Roger fust Seigneur de Saint Tibery, ce qui est également faux.

Les habitans. *Amalric fils de Simon de Montfort, ceda le Vicomté de Beziers & ses dépendances au pere de saint Louis.*

L'Abbé. Il ceda à Louis VIII. non seulement le Vicomté de Beziers, mais encore tout ce que Simon de Montfort son pere luy auoit laissé en Languedoc.

Les habitans. *Quand saint Louis fust Roy il desira d'abondant vne cession des fiefs de Beziers de Raymond Trincauel, qui auoit toûjours quelque pretention sur le Vicomté de Beziers, & l'obtint le 6. Auril 1247. en presence de Raymond Abbé de saint Tibery, successeur de Beranger.*

L'Abbé. Ce Raymond Trincauel auoit fait vne donation par écrit en 1211. en faueur de Simon de Montfort (qu'il qualifia dans l'acte Vicomte de Beziers, parce qu'il l'auoit conquis en 1209.) de toutes les pretentions qu'il pouuoit auoir sur ce Vicomté, sur Carcassonne, Alby & Rases. Il renonça encore en 1247. à tous les droicts qu'il pouuoit auoir sur le Vicomté de Beziers, si toutesfois, dit-il, dans l'abandonnement general qu'il en fist au mois d'Octobre, il luy en restoit encore, *si forsan in eodem Vicecomitatu jus nobis aliquod competebat*, parce qu'il est certain qu'il n'y auoit aucun droict depuis la conqueste. Les Officiers du Roy tirerent cet abandonnement pour confirmer par ce moyen en la personne de sa Majesté le titre & la possession du Vicomté de Nismes, sur lequel Trincauel pouuoit auoir quelque droict.

C'est encore vne supposition d'auancer que cét abandonnement fut fait au mois d'Auril, & en presence de Raymond Abbé de S. Tibery, puis que dans l'acte d'abandonnement du mois d'Octobre qui fut fait à Paris en presence du Roy, il n'est pas parlé de l'Abbé, & que l'acte du mois d'Auril de la mesme année qui fut fait à Beziers, ne dit pas que l'Abbé de saint Tibery s'appelloit Raymond.

Les habitans. *Pendant les expeditions de saint Louis, Guillaume Abbé successeur de Raymond Abbé se disoit haut Iusticier de saint Tibery, comme Trincauel l'ayant engagée à l'Abbé Raymond pour de l'argent (les actes n'en sont point rapportez) le Procureur du Roy de Beziers s'y opposa.*

L'Abbé. Celuy qui a fait ce Factum doit estre fortement persuadé qu'il ne peut pas deffendre la cause des habitans que par des mensonges & des suppositions, & en faisant dire aux actes le contraire de ce qu'ils portent. Ce qui n'arriueroit pas si les Iuges chastioient seuerement ceux, qui estant preposez pour éclaircir la verité, (que la passion ou l'ignorance des parties estouffe le plus souuent,) font la pluspart profession publique de la deguiser à la face de la Iustice, ce qu'ils ne feroient pas deux fois, si dés la premiere on les faisoit entrer dans leur deuoir.

La supposition dont cet article est remply, a esté si souuent refutée par M. l'Abbé, & est si euidemment détruite dans la transaction de 1273. produite au procez, qu'il est honteux de voir la confiance auec laquelle on la rapporte, car cet acte porte, non pas que l'Abbé se disoit haut Iusticier, comme tenant la haute Iustice par engagement de Trincauel; mais qu'il estoit en possession de la Iustice haute, moyenne & basse, & que les Officiers du Roy pretendoient qu'il n'estoit point proprietaire de la haute Iustice, & qu'il ne la possedoit qu'à cause qu'elle auoit esté engagée par Trincauel à vn Abbé son predecesseur. Ce qui leur fut impossible de iustifier.

L'auteur du Factum qui voit qu'on ne contestoit à l'Abbé que la proprieté de la haute Iustice seulement, & qu'il estoit en possession de l'entiere Seigneurie, ce qui détruit vne infinité de suppositions dont les habitans ont remply leur production, & qui fait voir que le Roy n'a iamais eu aucun droict sur cette

Seigneurie qui estoit possedée par les Abbez auant la cession de 1223. puis que l'on ne pût pas iustifier que Trincauel eust engagé la haute Iustice à vn Abbé, surquoy l'on fondoit le trouble & la pretention du Roy. Il soustient hardiment que c'est l'Abbé qui pretendoit la Seigneurie sur les Officiers du Roy ; & que pour fondement de sa pretention, il alleguoit vn engagement. Ce qui est détruit par la transaction de 1273. qui iustifie le contraire.

Les habitans. *Guillaume Abbè mourut pendant cette contestation, Bertrand Abbè la renouuela, & auec luy Iean de Cultura Seneschal de Carcassonne, fist transaction le 19. Avril 1273 par laquelle il infeoda la Iustice moyennant la redeuance d'vn Autour, ou 50. sols. Cette transaction ratifiée en Decembre suiuant, par le Roy Philippe le Hardy.*

L'Abbé. Les Officiers du Roy recommencerent contre Bermond Abbé de S. Tibery, la mesme cõtestation qu'ils auoient intentée contre Guillaume son predecesseur, touchant la proprieté de la haute Iustice du lieu, & vne albergue qu'ils soustenoient que les Abbez payoient aux Vicomtes de Beziers en Esté & au Printemps *in palea & in herba*. Ce qui fust dénié par cet Abbé, qui soustenoit qu'il possedoit la Seigneurie allodiallement *pro libero allodio*, c'est à dire sans aucune redeuance, n'estant obligé d'en faire que pour le lieu de Nadaillan. Sur lesquelles contestations, interuint la transaction[a] de 1273. par laquelle l'Abbé soûmit la Seigneurie à vne redeuance annuelle d'vn Autour, ou 50. sols tournois.

[a] Vide la transaction de 1273. dans la premiere réponse imprimée page 41.

Les habitans. *Hugues Morelly fust deputé par le Roy Louïs Hutin pour la recherche des Domaines vsurpez & recelez en la Prouince de Languedoc ; Et quoy que le sujet de sa commission fut de réünir au Domaine ce qui en auoit esté distrait ; Neantmoins il vendit à l'Abbé Raymond le 23. May de ladite année 1315. le droict de ressort où des premieres appellations des sentences renduës par les Consuls de saint Tibery, la somme de 700. liures. Cet acte fut ratifié par le Roy en Iuin 1316.*

L'Abbé. Ce Commissaire ne vendit point à l'Abbé la Iustice des Appeaux (comme le supposent les habitans) il le [b] confirma seulement dans la possession des appellations interjettées de ses propres Officiers, ce qui estoit ordinaire aux Seigneurs comme luy, qui auoient deux degrez de Iurisdiction, & qui érigeoient mesme des Iustices Subalternes, dont il est parlé dans les Coustumes de Tours & de Lodunois. L'Edict de Roussillon retrancha seulement cette premiere liberté des Seigneurs, suiuant le sentiment de plusieurs Docteurs, & non pas la seconde, comme l'a pretendu du Moulin.

[b] Vide la trāsaction de 1315. page 44. & 45. dans la premiere réponse imprimée.

Les habitans. *Le mesme iour 23. May 1315. ce Morelly passe vn autre acte, consent que la Iustice soit exercée audit saint Tibery par les Officiers du Roy & par ceux de l'Abbé, & que les confiscations & amendes seroient partagées. Cet acte n'a point esté ratifié par le Roy.*

L'Abbé. L'on voudroit encore insinuer dans cet article que le Commissaire du Roy fit part de la Iustice à l'Abbé de Saint Tibery, où l'on aduoüe neantmoins que l'Abbé auoit ses Officiers ; & cependant l'acte[c] porte que ce fut l'Abbé qui appella le Roy en pareage pour l'exercice de la Iustice criminelle durant cinq ans seulement. Ce qui a esté expliqué dans la premiere réponse de M. l'Abbé, produite le 7. Iuillet 1667. page 4. sur la fin, & page 5. & 6.

[c] Ibidem, page 48. & 49.

Les habitans. *Du regne de Henry second, les Consuls de saint Tibery baillerent Requeste au Conseil pour rembourcer la somme de 700. liures.*

Ordonnance, qu'elle seroit signifiée à Chefdebien Tresorier de France à Montpellier, pour en auoir son aduis, lequel il donna.

L'Abbé. Il falloit adjouster que les habitans qui auoient vsurpé la meilleure partie des droicts Seigneuriaux, dont ils n'ont iamais fait part au Roy, demanderent que[d] *la Seigneurie fut saisie*, supposant qu'elle auoit esté vsurpée sur le Domaine, sous pretexte d'vn engagement imaginaire de 1315.

[d] Vide le procez verbal de Fabry de 1557 feüillet 4.

Les habitans. *Ensuitte Lettres patentes pour receuoir leur offre, & mettre le Roy en possession, adressantes au Gouuerneur de Montpellier. Iean Torrillon Commissaire pour mettre le Roy en possession, Iacques de saint Felix Abbé, & le Conuent appellerent au Conseil.*

Nouuelles lettres pour proceder nonobstant les appellations ; Fabry Commissaire.

Les

Les Lettres patentes ne donnerent pouuoir que de saisir la Seigneurie, & non pas de l'adjuger au Roy. *L'Abbé.* a Vide le verbal de Fabry. fol. 20. v.

Sentence contradictoire de Fabry Commissaire, qui ordonne le rembourcement de 700. liures, & que le Roy sera mis en possession, iusques à ce que le Conseil, où il renuoya les parties, en eust ordonné. Consignation faite des 700. liures. Les habitans.

Il n'est pas non plus veritable que cette Sentence ait adjugé par prouision ny autrement la Seigneurie au Roy, elle porte vne simple saisie, iusques à ce que par le Conseil, où les parties furent renuoyées, en eust esté autrement ordonné. C'est surquoy le Conseil doit presentement prononcer. Les habitans ayant repris cette instance, & l'Abbé ayant demandé la main-leuée de cette saisie. *L'Abbé.* b Ibidem, feüillet 45. verso.

La Sentence executée, les Armes de France mises sur les portes, vn Pilory, les Iuges pourueus par le Roy, la Iustice depuis exercée par les Officiers de sa Majesté. Les habitans.

Le Commissaire ayant saisi la Seigneurie, fit mettre *les Armes & Panonceaux du Roy* EN SIGNE DE SAISIE, comme il le dit luy-mesme dans son procez verbal, il establit des Iuges & des Officiers. Ce qui se pratique presque tousiours dans ces rencontres, sans que les prouisions données du depuis par le Roy en titre ou en commande, sous la main duquel on a mis vne Seigneurie, luy en acquierent iamais la proprieté; les charges des Officiers faisant partie des fruits de la Seigneurie, sont également comprises dans la saisie. Or le saisissant (quand c'est le Roy) le gardien, le tuteur, & autres, qui possedent pour autruy, pouruoient ordinairement aux Offices des Iustices qui dépendent d'eux en cette qualité. Et il n'y a personne qui ne sçache que les prouisions données par le Roy, sous la main duquel sont des biens saisis, sont resoluës & aneanties apres l'Arrest diffinitif, s'il est à l'auantage de la partie saisie. Parce que, tant que la qualité de saisissant ou de gardien subsiste en la personne de celuy qui confere les Offices, il ne peut pas agir, comme maistre incommutable de la chose dont il dispose, ayant en luy vne qualité qui y resiste, & qui conserue tousiours le droict du saisi. Lequel, comme dit Loiseau, au traitté des Offices l. 5. ch. 2. n. 65. pag. 419. *demeure non seulement Seigneur, mais aussi possesseur de la chose saisie, au moins quant à la possession ciuile, sauf qu'il ne la pas libre, & que partant il ne peut aliener. C'est pourquoy nous disons, que Iustice ne depossede personne.* *L'Abbé.* c Ibidem, fol. 50. v.

Et il est si veritable que la Seigneurie & la proprieté appartient tousiours à la partie saisie, qu'elle peut prescrire, & qu'on ne la peut pas obliger en droict de donner caution, parce qu'elle possede vn bien immeuble, quoy qu'il soit saisi.

Aussi voyons-nous (adjouste le mesme Auteur au mesme endroit) *que c'est luy qui fait tous exercices actifs & passifs des droicts feodaux. C'est à dire qu'il reçoit les Vassaux en foy, & fait aussi la foy au Seigneur de fief*: D'où il resulte que les Abbez de S. Tibery, qui ont payé la redeuance annuelle portée par la transaction de 1273. & qui ont fait hommage au Roy à chaque mutation, en execution de cette transaction, sont tousiours demeurez Seigneurs du lieu, quand d'ailleurs la saisie n'auroit pas d'elle mesme conserué le droict, puis qu'elle n'a iamais esté leuée par aucun Arrest que par celuy qui fust donné contre les habitans le 11. Aoust 1666.

La consignation de 700. liures retirée par l'Abbé, la Sentence consommée par son execution. Les habitans.

La somme de 700. liures consignée pour la Iustice d'Appeaux seulement, & non pas pour la Seigneurie ordinaire, ne fust pas retirée par l'Abbé, au contraire l'ayant voulu receuoir pour abandonner cette Iustice d'Appeaux, l'Aduocat des Consuls & habitans s'y opposa par leur ordre, & en leur presence, parce qu'ils vouloient exiger de l'Abbé, *qu'il leur baillast & fist valloir la Iustice d'vn Iuge d'Appeaux.* Ce qui estoit ridicule. Aussi quand il auroit receu cette somme, on n'en pourroit tirer aucune consequence que pour la Iustice d'Appeaux, & non pour la Seigneurie. *L'Abbé.* d Vide le procez verbal de Fabry fol. 51. v. & 52. & fol. 53. recto & verso.

Il est vray que la Sentence de Fabry fut executée pour la saisie de la Seigneurie seulement. Ce qui ne doit seruir que d'vne preuue de la malice des habitans, lesquels, sous pretexte d'acquerir au Roy la Iustice d'appeaux, prirent occasion de faire saisir la Iustice haute, moyenne & basse, qui n'auoit rien de commun auec l'autre.

Les habitans. *Le Roy Henry IIII. s'est fait reconnoistre la Iustice par les habitans de Saint Tibery.*

L'Abbé. Il n'est pas veritable que le Roy Henry IV. ait iamais fait reconnoistre la Iustice de Saint Tibery par les habitans, qui ne l'ont iamais possedée, & n'ont pas eu droict de la posseder. Il est vray que voulant frustrer l'Eglise & les Abbez qui sont leurs Seigneurs legitimes, du payement des anciens cens & rentes, ils ont fait de nouuelles reconnoissances, ayant supposé qu'ils n'auoient iamais payé aucun droict. Ce qui a obligé M. l'Abbé d'en produire d'anciennes, & de faire voir dans sa premiere réponse pag. 32. & 33. que ces dernieres reconnoissances seruent pour découurir la fraude de ces habitans.

Les habitans. *François Boyer Abbé de Saint Tibery demande au Parlement de Tolose d'estre maintenu en la Seigneurie de saint Tibery.*

Le Procureur general decline & demande le renuoy pardeuant les Officiers du Domaine, Arrest au Parlement de Tolose, qui maintient l'Abbé sous la charge d'vn Autour, ou 50. sols, sans que les habitans y soient appellez.

Les Consuls demandent encore la cassation de cet Arrest au Conseil.

L'Abbé. Le sieur Boyer ne fit pas appeller les habitans au Parlement de Tolose, parce qu'il ignoroit l'instance du Conseil, qu'ils ne luy auoient pas dénoncée, comme ils le deuoient faire: Et parce qu'il ne presumoit pas que des Vassaux qui auoient tousiours reconnu les Abbez pour les Seigneurs legitimes du lieu, eussent esté capables de les méconnoistre. Il fist assigner la veritable partie qu'il deuoit reconnoistre en cette rencontre, qui estoit le Procureur general du Parlement; auec lequel estant interuenu Arrest contradictoire qui adjugea la Seigneurie à l'Abbé, les habitans en demandent la cassation, supposant qu'il a esté donné par attentat à des deffences du Conseil qui n'ont iamais esté signifiées à celuy qui l'a obtenu.

Les habitans. *Arrest du Conseil, portant que sans auoir égard à l'Arrest du Parlement de Tolose, les parties contesteront au Conseil, & cependant deffences à l'Abbé de rien attenter sur les droicts du Roy.*

L'Abbé. Cet Arrest du Conseil rendu sur la Requeste des habitans ne fut point signifié au sieur Boyer, & ne casse pas (comme on le suppose) l'Arrest du Parlement de Tolose; il ordonne seulement que ledit Boyer seroit assigné au Conseil, & cependant deffences de rien attenter à cause de la saisie de la Seigneurie faite d'autorité du Conseil, sur laquelle il n'auoit point prononcé.

Les habitans ne se sont pas seruis de cet Arrest. Ils ont obtenu des Lettres du grand Seau, contenant les mesmes conclusions & les mesmes moyens, sur lesquelles les parties ont esté reglées, & non pas sur la Requeste énoncée en cet Arrest du Conseil du 30. Octobre 1632. c'est pourquoy M. l'Abbé n'en a pas fait mention dans sa premiere réponse.

Les habitans. *Depuis & lors de la derniere vente des Domaines, feu M. le Prince, dans l'achapt du Comté de Pezenas compris la seigneurie de saint Tibery, & fit reconnoistre au Conuent les terres du Monastere.*

L'Abbé. On a répondu à cet article dans la premiere réponse page 33. où M. l'Abbé a fait voir que l'Abbaye estoit vacante, quand ces reconnoissances furent faites, & qu'il n'y eut qu'vn particulier qui en fit, qui reserua mesme les droicts de l'Abbé en ces termes, *sans préjudice des droicts seigneuriaux appartenans à M. l'Abbé comme releuant de sa directe.*

Les habitans. *L'affaire retenue au Conseil par Arrest contradictoire, nonobstant le renuoy demandé par l'Abbé au Parlement de Tolose.*

L'Abbé. Il est auantageux à M. l'Abbé que cette affaire ait esté retenue au Conseil: Les impostures & les artifices des habitans seront destruits au mesme tribunal, où ils ont d'abord paru. Le Conseil donnera la main-leuée de la saisie qui ne fut pas connuë au Parlement de Tolose quand l'affaire y fust iugée.

Deux principaux poincts establissent le droict du Roy. Les habitans.

Le premier, que la seigneurie de saint Tibery estoit vn ancien propre de Beziers, & venu à la Couronne auec les autres fiefs. Les habitans.

Les habitans ont mis en faict, & se sont obligez de montrer que la Seigneurie estoit vn ancien propre du Vicomté de Beziers, ce qu'ils n'ont pû encore prouuer depuis plus de cent ans, qu'ils ont offert de le iustifier au Conseil. *L'Abbé.*

On les deffie mesme de montrer qu'aucun Vicomte de Beziers en ait iamais iouy. Car si cela eust esté, Simon de Montfort n'auroit pas manqué d'en prendre possession, comme il fit de la leude-mage qui se leuoit au Pont de Saint Tibery par les Vicomtes de Beziers, de laquelle l'on a fait voir que ce conquerant iouyt, & apres luy, Amaury son fils, Louïs VIII. & Louïs IX. Elle se leuë encore. M. l'Euesque de Beziers la possede comme engagiste du Domaine. Ce que M. l'Abbé a expliqué tout au long dans les pag. 29. & 30. de sa premiere réponse.

a Vide l'enqueste de 1272 dans la derniere production de l'Abbé du 7. Iuillet 1667.

Le second, que la Sentence de prouision de 1557. qui maintient le Roy, & le met en possession, suiuie de son execution, demeure diffinitiue par vn silence de 90. ans & plus. Les habitans.

Ces habitans supposent tousiours que Fabry donna vne Sentence de prouision, quoy que le cõtraire paroisse dans le procez verbal *b* pag. 45. v. où l'on voit qu'il ordonna simplement que la Seigneurie seroit saisie, ce qu'il fit, suiuant la demande des habitans, & le pouuoir que le Conseil luy auoit donné. Les fruits furent sequestrez, pour estre déliurez à qui le Conseil adjugeroit la Seigneurie. Les Consuls, au nombre desquels estoit Torches, se rendirent cautions iudiciaires.

b Vide cotte B. dans la 2. p. de l'Abbé.

Le Vicomte Roger perceuoit à saint Tibery le droict de leude grande & petite, & exemptoit de ce droict les habitans de Beziers, qui menoient des marchandises audit lieu de saint Tibery. Catel en son histoire du Languedoc en rapporte vn acte de 1194. Les habitans. Preuue du 1. poinct.

L'enqueste faite en 1272. iustifie que le Vicomte de Beziers ne prenoit dans saint Tibery que la grande leude, & que la petite appartenoit à l'Abbé en qualité de Seigneur du lieu, & la Sentence arbitralle de 1251. produite au procez, fait aussi voir que les habitans de Beziers, qui auoient esté exemptez par vn Vicomte de payer la leude à saint Tibery, furent condamnez de payer la petite à l'Abbé, leur exemption ne pouuant s'estendre, ny s'entendre que de celle que le Vicomte auoit accoustumé de prendre, qui estoit la grande. *L'Abbé.*

Appert par la transaction de 1273. que les Vicomtes de Beziers prenoient des droicts feodaux, lors de la paille & de l'herbe sur les terres du Monastere. Les habitans.

La transaction iustifie le contraire, & fait voir que les Officiers du Roy, quand ils troublerent les Abbez en la possession de la Seigneurie, soustenoient veritablement qu'elle auoit esté engagée par le Vicomte de Beziers, & que les Vicomtes prenoient vne albergue au Printemps & en Esté, mais qu'ils ne purent point iustifier aucun de ces faicts. *L'Abbé.*

Depuis, Almaric de Montfort en fit cession au Roy, comme a esté dit, & le tout a esté réuny au Domaine. Les habitans.

Amalric de Montfort ne ceda au Roy sur le lieu de saint Tibery que la grande leude, dont Trincauel Vicomte de Beziers, Simon de Montfort, & luy, auoient joüy, comme il est iustifié dans l'enqueste de 1272. or n'ayant point joüy de la Seigneurie, c'est vne demonstration euidente qu'elle ne faisoit point partie du Vicomté. *L'Abbé.*

L'Abbé pretend qu'en l'année 1126. les Rois de France n'auoient rien en Languedoc. Mais cela ne peut seruir à son intention de faire voir que la Seigneurie en question ne pouuoit appartenir au Roy, dautant que l'histoire nous apprend que Hugues Capet auoit possedé ladite Prouince auparauant, & que l'ayant distribuée à plusieurs notables per- Les habitans.

sonnages, elle fût depuis reünie à la Couronne par la conqueste de Simon de Montfort; tellement que par ce retour l'on peut dire, qu'auparauant & sous le regne de Hugues Capet, la Prouince de Languedoc ayant esté sous l'obeïssance du Roy de France, il en a tousjours esté Seigneur, quoy que depuis Hugues Capet iusques à Louis VIII. elle eût esté transmise en la possession des Comtes particuliers.

Il est donc constant par la foy de l'histoire que de tout temps immemorial nos Rois ont esté Seigneurs de la Prouince de Languedoc, & par consequent du Comté de Beziers & ses dépendances; & sur ce fondement que les Abbez de saint Tibery n'ont iamais eu droit sur la seigneurie dudit lieu.

L'Abbé. Les Rois de France estoient souuerains du Languedoc en 1126. & fort longtemps auparauant; mais cela ne prouue pas qu'ils estoient proprietaires de la seigneurie de saint Tibery, ny de toute la Prouince du Languedoc, comme on le voudroit insinuer.

Les habitans. *Et de fait, quoy qu'il ait raporté plusieurs actes d'auparauant la transaction de 1273. il ne s'en trouue aucun, dans lequel l'Abbé ait pris la qualité de seigneur. D'où il est aisé de conclure que les Abbez ne l'auoient point. In his enim quæ egent speciali nota silentium est forma negandi. Car quelle apparence que l'Abbé n'eût pas pris la qualité de seigneur de saint Tibery, s'il l'eût eu dans des actes importans, comme il la fait depuis ladite transaction (abusiuement toutesfois) dans des actes qui estoient de bien moindre consequence.*

L'Abbé. On a suffisamment répondu à cette objection dans la premiere réponse, page 31. & 32. où l'on a fait voir que les Abbez de saint Tibery ont pris la qualité de seigneurs du lieu quand ils l'ont creu necessaire; & qu'ils ont donné de meilleures preuues qu'ils l'estoient, quand ils ont creé des Notaires, des Iuges, & qu'ils ont faits vne infinité d'autres actes de Seigneur raportez dans la page 32. de la premiere réponse de l'Abbé.

Les habitans. *L'Abbé dit qu'il auoit traité de la Iustice auec Trincauel pour vne somme d'argent; mais il n'en raporte aucun titre.*

L'Abbé. Pour réponse à cette supposition, il n'y a qu'à demander aux Habitans, où est ce qu'ils ont trouué, que l'Abbé dit qu'il auoit traité de la Iustice auec Trincauel pour vne somme d'argent? car ny l'Abbé ny qui que ce soit n'a iamais auancé ce faict, l'on void au contraire dans la transaction de 1273. que les Officiers du Roy soustenoient, non pas que l'Abbé auoit traité de la Iustice auec Trincauel, mais qu'il la possedoit par engagement, & qu'ils ne purent pas iustifier ce faict. Les Habitans qui accusent ces Officiers d'auoir manqué en cela à leur deuoir, le doiuent faire presentement, puis qu'ils s'y sont obligez.

Les habitans. *Aussi quelle apparence que l'Abbé eût traité du droict d'vn ennemy abbatu, & qu'il eût esté assez osé de s'oposer à la conqueste de Simon de Montfort, en reconnoissant Trincauel pour seigneur de saint Tibery, & prenant de lui vn droict de Iustice & seigneurie que lui & son pere auoient perdu par la force des armes de ce conquerant: & par consequent ledit sieur Abbé s'efforce inutilement de vouloir persuader, que le Roy n'estoit point seigneur de saint Tibery auparauant ladite transaction, pour insinuer, que deuant mesme ladite transaction l'Abbé en estoit seigneur.*

L'Abbé. V. la premiere réponse de l'Abbé pag. 15 Cet article, qui est fondé sur la mesme supposition que le precedent, ne merite pas de réponse, apres que l'on a fait voir que le traité & l'engagement que l'auteur du Factum des Habitans dit que l'Abbé auoit fait auec Trincauel est imaginaire; & que l'Abbé de saint Tibery accompagnoit ordinairement Simon de Montfort, auec plusieurs autres Prelats & Ecclesiastiques, qui auoient esté cause de la guerre qui fut entreprise contre les Albigeois, pour déliurer leurs Eglises & leurs personnes de la persecution qu'ils souffroient depuis long-temps.

Les habitans. *L'Abbé fait hommage au Roy de dix Cheualiers d'Albergue pour l'Hermitage de Nadaillan qui est dans le terroir de saint Tibery par acte produit au procez auec cette circonstance, que l'Abbé par cet acte ne prend point la qualité de seigneur, si bien que la proprieté de cet Hermitage ne peut auoir esté transmis à l'Abbé que par le Roy; d'où il s'ensuit de dire que le Roy estoit seigneur de tout le reste du terroir de saint Tibery, n'y ayant*

seigneur

pas d'apparence qu'il n'eût eu que le seul Hermitage, qui est une petite partie, sans estre seigneur de tout le terroir de saint Tibery.

L'Abbé.

L'Abbé faisant l'hommage en 1270. pour la Terre de Nadaillan, qui n'estoit point du terroir de saint Tibery, comme on le supose; (car si cela eust esté les Officiers du Roy, qui estoint pour le moins aussi habiles que les Habitans de saint Tibery d'apresent, n'auroient pas manqué de l'alleguer.) ne prit pas la qualité de seigneur de saint Tibery, parce qu'il la possedoit allodiallement, & qu'il n'en estoit pas question dans l'hommage.

Les habitans.

Il y auoit autrefois une forte citadelle audit lieu de saint Tibery, qui commandoit sur ledit lieu, dont les vestiges paroissent encore; outre laquelle il y auoit maison Abbatiale separée de la citadelle, de maniere qu'on ne iugera pas que l'Abbé eust eu une citadelle forte comme estoit celle-là audit lieu de saint Tibery, n'appartenant qu'aux Rois & aux souuerains d'en auoir.

L'Abbé.

C'estoit vn chasteau qui fut demoly auant l'année 1400. dont le fonds fut adjugé à l'Abbé cotre les habitans en qualité de seigneur par sentence *a* du Viguier de Beziers du troisième Decembre 1400. dans laquelle ils auoüerent que l'Abbé estoit leur seigneur.

a Vide la 2. prod. de l'Abbé, cotte A.

Les habitans.

La transaction de 1273. porte infeodation de la Iustice au profit de l'Abbé, lequel soustient d'ailleurs qu'il la possede par donation de plusieurs Rois, & par consequent le fait porte par ladite transaction de la Iustice, In libero allodio n'est point veritable.

L'Abbé.

L'Abbé ne soustint pas qu'il possedoit la Iustice par donation de plusieurs Rois, mais qu'il la iouïssoit allodiallement. Il la sousmit par la transaction de 1273 à vne redeuance annuelle, qui n'auoit iamais esté establie ny payée par ses predecesseurs.

Les habitans.

Personne en France ne possede de Iustice en franc-alleu, le Roy en est la source. Barquet, des droicts de Iustice, ch. 4. nemo Iurisdictionem habere potest nisi ex concessione principis.

L'Abbé.

Les Habitans en faisant cette proposition deuoient répondre à l'acte de 1239. produit par M. l'Abbé le 13. Iuillet 1667. & à ce qu'il auoit dit dans les saluations qu'il leur a fait signifier le mesme jour; car estant prouué qu'Aymar de Poictiers possedoit en franc-alleu plusieurs grandes seigneuries, comme sont entre autres Tournon & Priuas, qu'il sousmit volontairement au Comte de Tolose, s'estant rendu par là son vassal & son feodataire, comme il est porté dans l'acte, *b* afin de se lier plus étroitement à luy, & de l'engager dans ses interests, vn Seigneur dominant estant obligé de defendre les biens & la personne de son vassal. Aprés cet exemple, qui a vn grand raport auec celuy qui se void dans la transaction de 1273. il ne faut pas auancer si hardiment, que personne ne possedoit en France des Iustices en franc-alleu. Les Iuges des Abbez de saint Tibery, du temps des Vicomtes de Beziers, ne iugeoient pas en dernier ressort, quoy que la seigneurie fust possedée allodiallement; mais les Abbez ne payoient point de redeuance, ny d'albergue, auparauant la transaction qui fut faite du temps de Philippes le Hardy, pour redimer les Abbez de la persecution des Officiers du Roy.

b Vide l'acte produit le 13. Iuillet 1667. par l'Abbé.

Les habitans. 1. Objection de l'Abbé. Response.

Enqueste de 1270. énoncée dans la transaction de 1273.

Ce faict de la Iustice IN LIBERO ALLODIO *n'est point allegué, articulé, ny prouué par ladite enqueste, & le mot* DE PÆNIS *dont parlent quelques tesmoins, s'entend seulement de la punition de ceux qui fraudoient les droicts de l'Abbé, du peage, & autres, pour lesquelles peines il y auoit vne espece de Iustice & de Iuge,* IVDEX ABBATIS.

L'Abbé.

Il n'estoit pas necessaire que l'Abbé prouuât lors de cette enqueste de 1272. qu'il estoit en possession de la Seigneurie du lieu, parce que les Officiers du Roy ne contestoient pas la iouïssance, ils disoient seulement, qu'il la tenoit par engagement, & qu'il payoit vne albergue deux fois l'an. Ce qu'ils ne peurent pas iustifier, ny par tiltres, ny par témoins. Ce qui n'eust pas esté difficile, du moins à l'égard de la redeuance. Car s'il eut esté vray que les Abbez auoient accoutumé d'en payer, il se seroit trouué beaucoup de témoins qui l'auroient deposé.

Les habitans conuiennent en cet endroit que l'Abbé auoit vn Iuge; mais ils pretendent, sans en rapporter aucune preuue, & contre ce qui resulte de l'enqueste & de la transaction, qu'il n'auoit autre fonction que de condamner à des amendes ceux qui ne luy payoient pas le peage, & autres droicts Seigneuriaux, par où ils demeurent d'accord qu'il estoit Seigneur; de sorte qu'il faut qu'ils auoüent à mesme temps qu'estant iustifié qu'il estoit en possession de l'entiere Seigneurie, son Iuge y exerçoit toute la Iustice. Ce qui n'estoit pas denié par les Officiers du Roy de ce temps-là. Il creoit des Notaires & des Iuges. Ce qui marque qu'il faisoit exercer toute sorte de Iurisdiction sur ces Vassaux.

Les habitans. 2. Objection de l'Abbé. Réponse.

Concession des Foires par saint Louys au Conuent.

Mauuaise consequence pour la Iustice. Par l'acte de concession l'Abbé n'est dit Seigneur, & dans le dénombrement des Foires nulle mention de Iustice.

L'Abbé.

Les habitans font parler l'Abbé, comme il leur plaist. Il n'a pas produit aucune concession de Foire, ny par consequent il n'a pas tiré les inductions qu'on luy attribuë; encore qu'il pourroit dire, s'il auoit produit des Lettres patentes portant concession de Foire, que le Roy l'auroit reconnu pour Seigneur du lieu, en luy accordant vn droict de Foire en cette qualité.

Les habitans. 3 Objection. Response.

Il pretend prouuer, qu'il a Iustice, parce qu'il a des fiefs, & pour cela il rapporte des actes d'inuestitures faites par l'Abbé.

Fief & Iustice n'ont rien de commun ensemble, tesmoin Bacquet & Loyseau, & ainsi la consequence n'est pas bonne du fief à la Iustice, QVIA SEPARATORVM SEPARATA EST RATIO. *Bien est vray, comme dit Loyseau au chapitre des Seigneuries, numero 43. que la Iustice attire le fief, & donne tousiours la presomption aux Seigneurs Iusticiers pour la Seigneurie feudalle, mais le fief n'attire iamais la iustice.*

L'Abbé.

On n'est pas si peu versé dans la matiere des fiefs qu'on ne sçache que fief & Iustice n'ont rien de commun ensemble. Aussi le Conseil ne trouuera pas que M. l'Abbé ait pretendu prouuer qu'il a la justice, parce qu'il a des fiefs. Il a dit seulement qu'il estoit Seigneur, puis qu'il auoit des fiefs qui releuoient de luy. Les habitans ne disconuiennent pas qu'vn de ces predecesseurs n'eust baillé en fief le droict qu'il auoit en qualité de Seigneur sur les poids & mesures. Ce qui paroist assez par l'acte du mois de Septembre 1204. que les habitans ont eux-mesme expliqué du mesurage.

Quand on a voulu iustifier que les Abbez de saint Tibery estoient Seigneurs Iusticiers du lieu, on a montré qu'ils possedoient la justice auant & apres la conqueste de Simon de Montfort; puis qu'ils creoient des Notaires & des Iuges; les vns pour la justice volontaire, & les autres pour la contentieuse; que les bans & proclamations se faisoient en leur nom. Ce qui est vne marque infaillible de Iurisdiction & de justice qui appartient aux Seigneurs, comme le prouue Loyseau au traitté qu'il a fait des Seigneuries, chap. 8. n. 81. Ce qui ne fust pas contesté aux Abbez de saint Tibery par les Officiers du Roy en 1272. & 73. qui auoüoient que les Abbez estoient en possession de la justice haute, moyenne & basse.

Le Notariat dépend de la Iustice ordinaire. On doute mesme si le Roy peut establir des Notaires dās les terres des Seigneurs Iusticiers. Vide Loyseau des Officiers des Seigneurs l. 5. art. 1. p. 409. n. 57. &c.

Seconde proposition, que la Sentence de prouision de 1557. a passé en diffinitiue apres 30. ans, & qu'il y en a 90. & plus de possession par le Roy.

Les habitans.

Par cette Sentence, sa Majesté est maintenuë en la Iustice & Seigneurie. En execution, il y en a vne autre renduë le lendemain par le mesme Commissaire, portant establissement d'Officiers audit lieu de saint Tibery, pour y exercer la justice au nom du Roy. Et elle s'y exerce encore aujourd'huy de mesme. Ces deux Sentences ont esté executées par l'establissement des Officiers, par la mise de possession de sa Majesté, des armes de France sur la porte de la ville, & en tous les autres lieux publics & accoûtumez. Tout cela ne fait que confirmer le titre du Roy, ET IVRIS VIGOREM. *Tellement que depuis ladite année 1557. il y a plus de 90. ans de possession du Roy, en déduisant mesme le temps des troubles reglez par les Arrests rapportez par le Prestre depuis 1558. iusques en 1598. qui est vn temps plus que suffisant pour prescrire au profit de sa Majesté, puis que dix années de jouïssances, le seroient sans difficulté, suiuant la disposition des Ordonnances, & le sentiment de tous les Docteurs, pour rendre ladite Iustice & seigneurie domaniallé, quand elle ne le seroit pas d'ailleurs.*

Il est vray que la possession precaire n'acquiert pas de prescription, parce qu'on ne possede pas en son nom; mais quand on possede pour le droict qu'on a sur la chose contestée quand on possede pro suo l. cum nemo Cod. de acquirenda possessione. La Sentence de prouision passe en diffinitiue; ce n'est qu'vn retour des choses à leur principe, c'est, CONSOLIDATIO DOMINII VTILIS CVM DIRECTO.

On a refuté le contenu en ces deux art. dans la premiere réponse aux pages 18. 19. 20. 21. 22. 23. 24. 25. 26. & 27. où il est iustifié que la Seigneurie fust seulement saisie, & non pas adjugée au Roy; que le Roy n'a pas pû prescrire contre l'Eglise de saint Tibery, & que quand mesme il l'auroit pû, & qu'il auroit iouy en conquence d'vn tiltre capable de transferer la proprieté, il n'auroit pas 40. ans vtiles.

Que les Arrests du Parlement de Tolose rendus en 1627. & 1632. ont interrompu la prescription.

Les habitans. 1. Objection de l'Abbé. Responſe des habitans.

Que ces Arrests ayans esté rendus par des Iuges incompetans, parce que les parties ayant esté renuoyées au Conseil, il n'y auoit que le Conseil seul qui en pût connoistre, lesdits Arrests ne peuuent pas empescher le cours de la prescription. l. penul. Cod. ne destat. defunct. vbi litis contestatio apud iudicem incompetentem non interrumpit quæstionem quinquennalem. A quoy il faut adjouster, que ces Arrests ont esté poursuiuis sans faire appeller les Consuls qui auoient vn interest notable de les empescher, & qui auoient donné lieu à l'instance du Conseil & à la Sentence renduë par ledit Faby; au sujet dequoy lesdits Arrests ne peuuent estre tirez à aucune consequence allencontre d'eux, ny les frustrer de l'auantage qu'ils tirent de la prescription.

L'Abbé.

L'on a fait voir dans la premiere réponse, pag 28. que les Parlemens sont les Iuges ordinaires des causes du Domaine, & que l'Arrest du Parlement de Tolose du 18. Aoust 1632. qui a adjugé la Seigneurie de saint Tibery à l'Abbé, n'est point donné par attentat, comme les habitans l'ont supposé.

Cet Arrest ne sert pas seulemēt contre la prescription qui n'estoit pas à craindre de la part du Roy, qui estoit saisissant & Seigneur dominant de la seigneurie, & par consequent incapable de prescrire; Mais encore il fait voir, que le Parlement ayant veu la transaction de 1273. a iugé qu'elle estoit inuiolable.

C'estoit aux habitans à chaque mutation d'Abbé de dénoncer l'instance qu'ils auoient portée au Conseil en 1555. ce que n'ayant pas fait. Celuy qui a poursuiuy cet Arrest au Parlement de Tolose, ne peut pas estre accusé, d'auoir manqué au respect qui est deub aux deffences du Conseil.

Le Roy comme seigneur dominant ne peut prescrire contre son Vassal.

Primò, la qualité de Vassal n'est point en la personne de l'Abbé par la transaction de 1273.

Les habitans. 2. Objection de l'Abbé. Réponse des habitans.

L'Abbé.

Si les habitans auoient vn peu plus de connoissance de l'antiquité, ils ne diroient pas, comme ils font, que la qualité de Vassal ne se trouue pas en la personne de l'Abbé dans la transaction de 1273. parce qu'ils sçauroient qu'vn Seigneur qui possedoit vne terre sans payer aucune redeuāce & sans reconnoistre de Seigneur dominant, deuenoit Vassal quand il la soûmettoit à vne albergue, ou qu'il se soûmettoit & sa terre à vn autre Seigneur, comme fit Aymar de Poictiers, qui fist hommage au Comte de Tolose en 1239. de plusieurs terres considerables qu'il possedoit auparauant *in libero allodio.* A quoy ces habitans n'ont pas répondu, ny à tout ce qui a esté dit sur ce sujet dans la premiere réponse de M. l'Abbé sur le 4. moyen, page 19. d'où ils ont tiré cet article.

Les habitans. Réponse des habitans.

Le Roy peut prescrire pro suo; & en effet il n'a pas saisi ny iouy comme seigneur dominant, mais à tiltre de proprietaire & de maistre. Et partant auoit vne qualité legitime pour prescrire, la raison en estant prise, de ce qu'en ce cas non præscribit tanquam Dominus contra vassallum, sed tanquam quilibet extraneus. Et pour d'autant mieux establir cette verité, il faut considerez que le Roy ne fust pas mis en possession par Fabry en 1557. en vertu d'vne saisie feodalle pour deuoirs seigneuriaux non rendus, mais par le droict naturel qui luy donne la proprieté de toutes les Iustices, & titulo Dominij. Et ainsi point de difficulté, que la prescription n'ait pû estre acquise dant ce rencontre, Cujac ad tit. vlt. l. 1. feud.

L'Abbé. On n'a pas dit que le Roy ait iouy comme Seigneur dominant. Mais on a soutenu qu'estant Seigneur dominant, il n'a pas pû prescrire contre son vassal la terre qui releue de luy, comme le vassal ne peut pas prescrire le cens & deuoir auquel il est tenu par le titre primordial, comme il est porté par l'article 124. de la Coustume de Paris, qui exclud la prescription centenaire, en quoy la Coustume n'a fait qu'expliquer le droict commun.

Il n'est pas veritable que le Roy ait iouy la Seigneurie de saint Tibery à titre de proprieté. Car pour cela il faudroit qu'il eust fait iuger la question de la proprieté, en consequence du renuoy qui fut fait au Conseil en 1557. pour iuger à qui la Seigneurie appartenoit.

Il faudroit qu'il y eust vn Arrest qui aneantit la transaction de 1273. de laquelle on n'a iamais demandé la cassation, parce que tant qu'elle subsistera, il est impossible d'y donner atteinte. C'est vn titre qui conseruera eternellement la seigneurie à l'Abbaye de saint Tibery.

Il faudroit enfin que le Roy ne fut point saisissant, parce que tant qu'il aura cette qualité, elle resiste à la prescription: Or il l'a tousiours euë ne l'ayant pû changer que par vn Arrest qui ait prononcé sur la proprieté de la seigneurie. Toutes les saisies se faisant en France sous la main du Roy, Il est le depositaire general de tous les biens saisis. Et c'est luy faire outrage, de luy faire dire qu'il pretend la proprieté sur vn bien saisi, sans qu'il ait aucun titre, que la saisie & le temps qu'elle a duré.

a Page 21. & 22. M. l'Abbé fait voir dans sa premiere réponse, *a* que le Roy ne pretend pas auoir la proprieté de toutes les Iustices, parce qu'il est Roy, quand elles sont iustement possedées par les particuliers? Et en effet la seigneurie de saint Tibery n'auoit pas esté saisie au nom du Roy, comme proprietaire de droict commun, de toutes les Iustices & Seigneuries du Royaume, mais seulement à la requeste des habitans, qui soustenoient que l'Abbé l'auoit vsurpée sur le Domaine du Roy, sous pretexte d'vn engagement, & qu'il n'auoit aucun tiltre vallable. C'est doncques à eux à faire voir que cette Seigneurie a esté vsurpée sur le Domaine, & que les titres de M. l'Abbé qui sont rapportez ne sont pas legitimes.

3. Objection de l'Abbe. *Que la Sentence de Fabry ne doit estre considerée que comme vne sequestration en main tierce, qui pour marque de cette sequestration, il y eut des Fermiers & Commis pour la perception des rentes, & pour en rendre compte, & qu'en cét estat, il n'y pouuoit point auoir de prescription.*

Réponce des habitans. *La commission & la procedure de Fabry sont aux termes du droict du Roy, lequel est tousiours saisi prouisionnellement de la Iustice & autres choses de son Domaine pendant le procez, & le mot de saisie en ce rencontre, ne veut pas dire sequestrer & mettre en depost, mais rendre le Roy possesseur & iouïssant, iure Domini.*

Il ne faut que lire la Sentence de Fabry, pour voir qu'il ordonna simplement que la Seigneurie seroit saisie, pour iuger qu'il ne prononçoit point sur la proprieté. Ce qu'il ne pouuoit pas faire aussi, puis que la Commission du Conseil ne luy donnoit pouuoir que de saisir, & que les habitans n'auoient demandé qu'vne simple saisie. Ce qui est si veritable, que les Consuls s'obligerent à rendre les fruits à qui la Seigneurie seroit adjugée. Ce qu'ils n'auroient pas fait, & le Commissaire ne l'auroit pas ordonné, s'il auoit entendu rendre le Roy maistre des fruits.

Quand l'Ordonnance veut que les terres que le Roy pretend estre domaniales soient saisies pendant le procez, pour obliger les detempteurs de representer promptement leurs titres, elle n'a pas entendu les adjuger au Roy par cette saisie, ny luy adjuger les fruits, l'vn estant bien differend de l'autre. Car qui dit

saisir

ſaiſir des fruits, ne dit pas les adjuger, *iure Dominij*. L'vn ſupoſe en cette matiere que le Iuge a pris connoiſſance du fonds, & l'autre, qu'il veut obliger celuy qui a les titres de les repreſenter pour en connoiſtre.

Les habitans.

Cette propoſition a pour fondement les Arreſts rapportez par Bacquet au traitté des droicts de Iuſtice, chapitre 4. n. 6. & la raiſon en eſt, que lors que la Iuſtice eſt entre les mains du Roy, elle eſt dans ſon centre & dans ſon principe, in natura & ſubſtantia ſui.

L'Abbe.

Il ne falloit pas citer Baquet ny les Arreſts qu'il rapporte dans ce chapitre, pour appuyer vne fauſſe propoſition à laquelle il n'a iamais penſé.

Les habitans ſouſtiennent que quand les Iuges ordonnent qu'vne terre ſera ſaiſie entre les mains du Roy, ils luy adjugent les fruits, & que cette ſaiſie eſt vne Sentence prouiſionnelle, non ſeulement des fruits, mais encore de la proprieté. Ils alleguent Baquet pour garend de cette propoſition extrauagante, parce qu'il a dit, *que quand vne Iuſtice eſt ſaiſie à la requeſte d'vn Procureur du Roy, & qu'il denie le droict de Iuſtice au Seigneur ſur lequel la ſaiſie eſt faite; En ce cas on n'adjuge point prouiſion ny recreance contre le Roy. Mais pendant procez la Iuſtice doit eſtre exercée ſous le nom du Roy*. Ce qui ne veut pas dire que la ſaiſie d'vne Iuſtice ſoit vne adjudication, mais ſeulement qui ayant neceſſité publique que la Iuſtice ſoit renduë pendant la ſaiſie, elle doit eſtre exercée ſous le nom du Roy, qui eſt la ſource & le centre de toutes les Iuſtices.

Les habitans.

Charondas ſur l'Ordonnance de Moulins, articles 6. & 7. fait voir en cela la difference qu'il y a entre les cauſes du domaine du Roy & celles des particuliers; Car encore, dit-il, qu'en action petitoire, le poſſeſſeur ne doiue iamais eſtre depoſſedé, toutesfois lors qu'il s'agit du Domaine du Roy, parce qu'il eſt inalienable, la proprieté demeure deuers le Roy; Et ceux qui en ſont poſſeſſeurs ſont reputez poſſeder ſous luy & en ſon nom. Tellement que quand il s'agit de ſon Domaine, il ne fait que reprendre la poſſeſſion, afin que luy qui en eſt le veritable Seigneur ne ſoit depoſſedé, & telle ſaiſie, dit cet Auteur, ne s'ordonne que pour le Domaine du Roy; cela fait donc voir que de mettre la Iuſtice entre ſes mains, ce n'eſt pas faire vne ſaiſie ordinaire, & vne ſequeſtration en main tierce, mais joindre la poſſeſſion à la proprieté.

L'Abbe.

Il eſt vray que le Roy a droit de proceder par ſaiſie ſur vne terre qu'il pretend eſtre de ſon Domaine, quand le detenteur ne repreſente pas promptement ſes titres qui juſtifient ſa poſſeſſion. Et que c'eſt vn priuilege qui luy appartient legitimement. Mais on ne trouuera pas que Charondas, ny aucun autre Autheur, ait iamais dit que cette ſaiſie eſt vne adjudication de la terre ſaiſie; & que quand la partie ſaiſie, fait voir que la terre n'eſt point du Domaine, le Roy luy puiſſe oppoſer la ſaiſie, ou le temps qu'elle a duré, & qu'vne ſaiſie puiſſe iamais transferer la proprieté.

Les habitans.

Lors qu'on fit crier par toute la ville, viue le Roy, qu'on mit les armes du Roy ſur les portes, qu'on créa des Officiers pour exercer la juſtice au nom du Roy, tout cela ne marque-il pas qu'on ne mettoit pas la Seigneurie entre les mains du Roy à titre de depoſt, Cuſtodiæ cauſa, mais qu'on la luy bailloit pour en iouir, pro ſuo, & partant par vn titre legitime, pour acquerir la preſcription.

Et en effet, on ne rend pas ſequeſtre & depoſitaire celuy qui pretend vn droict en la choſe, & qui la diſpute, ſuiuant l'Arreſt du Parlement de Paris rapporté par Bugnon liure 2. des loix abrogées ch. 177. il faut conſiderer la ſaiſie qui fut faite par Fabry dans ce ſens-là.

L'Abbe.

Quand on mit les armes du Roy ſur les portes de la ville, ce fut, dit le Commiſſaire, en ſigne de ſaiſie, & non pas d'adjudication de la Seigneurie. Il eſtablit des Officiers en Commende, & depuis le Roy y a pourueu, parce que quand vne Iuſtice eſt ſaiſie, elle ſe doit exercer au nom du Roy, & par ſes Officiers. Ce qui ne nuit pas à la partie ſaiſie. Vn ſaiſiſſant ne iouït iamais *pro ſuo*, tant que la ſaiſie ſubſiſte. Quand le Roy pretend vne Iuſtice, on la ſaiſit ſous ſa main par l'vſage du Royaume. Ce qui conſerue le droict à celuy à qui elle appartient, & ne le detruit pas en faueur du Prince. Qui deuien-

D

droit par ce moyen vn Vautour & non pas vn Gardien de bonne foy.

Les Habitans estans cause de la dissipation des fruits de la seigneurie de saint Tibery, ils en sont responsables, parce qu'ils les ont fait saisir sur vn faux pretexte, & qu'ils se sont obligez de les restituer à qui la seigneurie sera adjugée.

Ce qui fait que le Conseil voyant que la seigneurie n'a iamais esté du domaine, & qu'elle a esté saisie sur vn faux fondement par des habitans infideles à leur Seigneur, & qui auoient vsurpé vne partie de la seigneurie : il ne peut pas se dispenser sans commettre vne injustice, (dont on ne le doit pas presumer capable) de condamner les habitans à la restitution des fruits depuis la saisie iusques à la mise de possession du sieur Brusler, au profit de l'Eglise, & audit sieur Abbé depuis sa mise de possession, afin de conuertir la ioye que les habitans témoignerent, quand la saisie fut faite dans la chaleur des guerres de la Religion, en des l'armes salutaires, qui excitent en eux la repentance qu'ils doiuent auoir de leur perfidie, de laquelle ils ne trouueront pas que Baquet, Charondas, ny Bugnon, puissent estre garends, ny qu'ils leur fournissent des armes pour la defendre en Iustice.

Les habitans. *Le titre de l'Abbé consiste en la transaction de 1273. & lettres patentes de Philippes le Hardy du mois de Decembre, suiuie d'vne longue possession ; mais tout cela ne peut preiudicier au droict du Roy.*

Moyens de nullité contre la transaction de 1273. faite sans cause, sans formalité & sans pouuoir.

1. moyen de nullité. *Sans cause, parce que le domaine du Roy ne peut estre valablement allienné que pour cause de guerre ou pour appanage des puisnez masles de France. Il n'y auoit rien d'aprochant de cela qui pût obliger Iean de Cultura à infeoder le domaine en question par cette transaction.*

Sans formalité, il n'y auoit aucune information prealable SVPER COMMODO VEL INCOMMODO, *comme il est requis en ce rencontre à l'instar des mineurs.*

Sans pouuoir, on ne raporte aucune commission portant pouuoir à Cultura d'infeoder, ny n'en est faite aucune mention dans la transaction.

L'Abbé. L'Abbé, outre cette transaction, auoit encore la possession immemoriale qui la precedoit, contre laquelle le Roy n'auoit point de titre qu'il pût opposer, elle a esté suiuie d'vne possession continuelle ; on demande aux habitans s'ils sçauent quelque Seigneur en France qui ait des titres plus legitimes, & qui soient moins sujets aux insultes de leurs vassaux.

Si tous les Iuges qui ont des seigneuries veulent comparer leurs titres à ceux des Abbez de saint Tibery, on auance hardiment qu'ils auront de la peine à en treuuer de meilleurs, & peut-estre qu'il y en a peu qui en ayent de si authentiques.

Mais dit on, cette transaction est faite sans cause, sans formalité & sans pouuoir, puis que l'Abbé ne peut pas iustifier que le Senéchal eût ordre d'infeoder la Seigneurie de saint Tibery, qu'il eust informé sur la commodité ou incommodité de cette infeodation, & que le domaine peut estre ainsi valablement aliené, puis qu'il ne le peut estre que pour cause de guerre d'apanage.

Le domaine du Roy s'alienoit en ce temps-là en faueur de l'Eglise. Il suffiroit à vn autre pour répondre à ces pretenduës nullitez, de dire, que *in antiquis omnia præsumuntur legitime facta* : Mais on veut combattre ce foible raisonnement par des meilleures armes, en faisant voir que ces habitans suposent ce qu'ils doiuent prouuer, qui est que la seigneurie de saint Tibery estoit du domaine du Roy, quand le Senéchal de Carcassonne fit la transaction de 1273. parce que ne faisant pas voir qu'elle en fust, ils iustifient en mesme temps la conduite du Senéchal, qui n'aliena rien du Roy, & qui au contraire luy acquit vne redeuance sur vne seigneurie qui estoit auparauant possedée en franc-alleu.

Il ne fallut point d'information ny de pouuoir special pour sçauoir s'il seroit plus auantageux au Roy de sousmettre vne seigneurie au payement d'vne alberque, que de la laisser libre & exempte de toutes sortes de redeuances.

Les habitans. Objections de l'Abbé.

Il dit que la cause de cette transaction fut un procez qui fut entre la Cour Royale de Beziers, agissant pour les interests du Roy d'une part, & l'Abbé & Monastere de saint Tibery.

Réponce des habitans.

On ne iustifie point de ce procez, & l'allegation qu'on en fait n'est qu'une couleur recherchée pour vsurper le droict du Roy : D'ailleurs, quel sujet d'aprehender l'euenement de pretendu procez, puisque l'Abbé & Monastere de saint Tibery n'auoient aucun acte ny titre qui pût leur auoir aquis aucun droict sur la seigneurie au prejudice des droicts du Roy? & si en suposant des procez de cette qualité, & sous de semblables pretextes, l'on pouuoit ainsi aliener les droicts de la Couronne, ce domaine sacré & inalienable seroit bien-tost reduit à peu de chose : c'est pour cela que les mesmes loix qui defendent l'alienation des biens des mineurs sans solemnité, defendent aussi les transactions & les infeodations, parce que la transaction est une espece d'alienation, comme dit Oliue l. 2. de ses questions notables du Droict chap. 1. & l'infeodation est de mesme nature selon Chopin du dom. l. 16 3. n. 15. & argentée sur la Coutume de Bretagne titre des mineurs art. 482. vers. ny aliener, nec cedere, nec vtile Dominum transferre, nec infeodare.

L'Abbé.

Il faut estre bien hardy pour auancer que M. l'Abbé ne justifie pas qu'il y eust vn procez auant la transaction de 1273, entre les Officiers du Roy & vn de ses predecesseurs, puis que les habitans mesmes raportent comme luy l'enqueste qui fut faite sur ce procez en 1272. & que dans les contredits qu'ils ont fait signifier le sixiéme Juillet dernier ils auoüent que cette enqueste fut faite *pour seruir au procez qui donna suiet à la transaction de 1273.* outre qu'il suffiroit qu'il est énoncé dans la transaction. Ce seroit à eux qui la veulent combattre sur ce principe de faire voir le contraire, s'il estoit possible, ou du moins de montrer par quelque titre que la Seigneurie appartenoit au Roy. Ce que ses Officiers n'ayant pas pû faire voir en 1273. Il est visible qu'ils deuoient craindre l'euenement du procez qu'ils auoient entrepris sur d'aussi mauuais principes qu'ont depuis fait les Habitans, qui suposent tousiours pour fondement de leurs raisonnements que le Roy auoit droict sur la seigneurie de saint Tibery, & que l'Abbé n'en auoit aucun.

Les habitans.

Par l'exposé de cette transaction il se void que le pretendu procez n'estoit que pour la Iustice haute & pour la queste annuelle, super mero imperio Iusticiis majoribus, & super annua alberga siue quæsta ; cependant de Cultura baille castrum & villam cum dominatione, Iurisdictione, Iusticiis altis bassis, & mero imperio & terminis & juribus & omnibus pertinentiis, & albergas supradictas. N'est-ce pas blesser énormement les droicts de la Couronne que d'en faire vn si bon marché.

L'Abbé.

Il est vray que les Officiers du Roy ne contestoient à l'Abbé que la haute Iustice, & qu'ils pretendoient vne albergue annuelle, (sans doute sur la moyenne & basse Iustice qu'ils ne luy contestoient pas) & que le Senéchal porta l'Abbé de sousmettre l'entiere seigneurie à vne redeuance d'vn Autour. Ce qui ne prouue pas que la seigneurie fût au Roy auparauant. Mais c'est que ces habitans n'ont pas pû conceuoir, que lors qu'vn Seigneur se rendoit volontairement vassal d'vn autre, l'acte de soumission deut porter qu'il prenoit la Terre de luy à foy & hommage, comme si en effet il la luy donnoit. Et neantmoins c'estoit le langage ordinaire de ceux qui se rendoient vassaux de quelque Seigneur, quoy qu'en effet ils ne tinssent rien de celuy qui deuenoit leur Seigneur dominant.

Les habitans. 2. moyen de nullité.

Transaction faite super lite ficta, autre chose est de transiger super metu litis, ou super lite ficta : car quoy que la transaction porte qu'il y auoit procez, il n'y en auoit point pour la Iustice ny pour la Seigneurie. Ce n'est qu'vne contestation inutile quando de ipsa enuntiatione mouetur quæstio : l'enqueste enoncée en la transaction ne parle pas vn mot du procez pour raison de la Iustice, ny qu'elle fust in franco allodio.

L'Abbé.

Il ne falloit pas que les Habitans produisissent, comme ils ont fait, l'enqueste de 1272. qui fait voir qu'il y auoit vn veritable procez, s'ils vouloient soustenir qu'il n'y en auoit point. Ce qui a esté si souuent expliqué qu'il seroit ennuyeux d'en parler dauantage.

Les habitans. 3. Moyen de nullité.

Transaction non verifiée au Parlement ny en la Chambre des Comptes ; les Parlements n'ont esté qu'en 1301.

1. Objection de l'Abbé contre ce 3. moyé

Il y a des Arrests dans du Tillet de 1254. 1259. 1266. & 1273. Ragueau en l'indice des droicts Royaux : il y auoit des Parlements auant Pepin pere de Charlemagne, quoy que sous le nom d'Estats generaux, & de Conseil du Roy.

Response des habitans.

C'est ignorer l'vsage du siecle auquel cette transaction fut faite, que d'alleguer qu'elle n'a pas esté verifiée, car il n'y auoit pour lors d'autre verification que la deliberation qui se prenoit au Conseil du Roy qui estoit le Parlement ; de sorte que tout ce que l'on voit scellé de ce siecle, & de plusieurs autres, est aussi authentique & plus que ce qui paroist aujourd'huy verifié aux Parlements & aux autres Compagnies souueraines, parce que les lettres patentes estoient resolues & deliberées au Conseil ou Parlement du Roy auant d'estre scellées. On ne laissoit pas mesme d'en expedier, quoy qu'il n'y eût point de Chancelier. Ce que l'on marquoit dans les lettres en ces termes, *vaccante Cancellaria.*

Il ne seroit pas auantageux au Roy que cette transaction fut cassée (aussi personne ne l'a iamais demandé,) parce que les parties estant remises en l'estat qu'elles estoient auparauant, l'Abbaye seroit déchargée de la redeuance annuelle d'vn Autour, & elle reprendroit la possession libre & franche de la seigneurie qu'elle auoit auant la transaction.

On n'a pas dit dans la premiere réponse, comme le suposent icy les Habitans, qu'il n'y auoit point de Parlement auant l'année 1301. l'on sçait qu'Anilara More, Gouuerneur de Saragosse, allant demander du secours à Charlemagne le trouua à Paderbrun en Saxe où il tenoit son Parlement. Les Parlements pris pour le Conseil du Roy sont aussi anciens que la Couronne, mais les Parlements fixez en l'estat que nous les voyons, ont esté establis en diuers temps depuis la troisieme race de nos Rois.

On a seulement soustenu que les enregistrements ne sont necessaires que depuis le regne de Philippes de Valois. Il ne falloit pas pour refuter cette maxime, qui est veritable, alleguer qu'il y a des Arrests dans du Tillet de 1254. ce qu'on n'a iamais mis en compromis.

Les habitans. 2. Objection de l'Abbé.

Auant l'Edit de Moulins les verifications non necessaires. Cotte Baquet, Traité des Amortissements 47. n. 4.

Response des habitans.

L'Edit de Moulins confirme les verifications, dont il y en auoit, & l'Ordonnance de Charles IX. de 1566. declare possesseurs de mauuaise foy ceux qui tiennent fiefs & iustices domaniales en vertu des titres non verifiez.

L'Abbé.

Les habitans font encore en cet endroit parler M. l'Abbé à leur mode. Quand ils supposent qu'il a dit qu'auant l'Edict de Moulins qui fut fait en 1566. sous Charles IX. les verifications n'estoient point necessaires. Ce qu'ils combattent, en disant, que puis que cet Edict & celuy du Domaine fait par le mesme Roy, font mention des verifications, il falloit qu'il y en eust auparauant.

Mais en quel lieu de la premiere réponse, ou des escritures de M. l'Abbé, les habitans ont-ils trouué qu'il a dit que les enregistremens n'estoient point necessaires auant l'Edict de Moulins, puis qu'il a soustenu au contraire qu'elles l'ont esté du regne de Philippes de Vallois. Ce que Bacquet a remarqué au lieu que les habitans citent, où parlant des Lettres d'amortissement : Voicy ce qu'il dit. *Si les amortissemens sont forts anciens, & qu'ils soient obtenus auparauant le regne de Philippes de Vallois, on ne s'arreste pas à la verification, comme anciennement n'estant requise, il suffisoit que les Lettres d'amortissement eussent esté deliberées au Conseil du Roy, & fussent scellées du grand Seel.*

Les habitans. 3. Objection de l'Abbé.

Comptes à la Chambre, on a payé l'Autour, ainsi verification aux Comptes. C'est 150. ans apres l'alienation de 1273. sans verification au Parlement où il la falloit faire.

L'Abbé.

Il est vray que la Chambre des Comptes n'alloue iamais vne recepte ou vne dépence, qu'elle ne voye le titre primordial, & qu'elle ne le iuge bon. De sorte qu'estant iustifié au procez par vn grand nombre de comptes arrestez en la Chambre, que l'albergue de 50. sols portée par la transaction de 1273. a esté passée

passée en recepte, c'est vne démonstration qu'elle a veu la transaction, & qu'elle l'a iugée legitime, comme en effet elle est auantageuse au Roy, ne portant point d'alienation de son domaine, mais vne acquisition d'vne redeuance sur vne Seigneurie qui estoit auparauant possedée allodialement.

Les habitans repetent encore icy qu'il falloit que cette transaction fust verifiée au Parlement, supposant qu'il y en auoit vn sedentaire en 1273. ce qui a esté refuté sur l'article precedent.

Nullité de la ratification de la transaction de Philippes III. en Decembre 1273. — Les Consuls.

Primò, parce qu'elle vient en consequence d'vn acte nul.

Secundò, parce que n'estant point au pouuoir du Roy d'aliener son Domaine sans cause, ny de faire des transactions sur ce sujet, il s'ensuit qu'en ratifiant des actes qui sont nuls d'eux-mesmes, il ne peut point les rendre valides, Nam si confirmabile sit nullum supremi principis confirmatio est nulla. Du Moulin sur la Coustume de Paris au titre des fiefs § 1. gloss. 4. n. 33.

Tertiò, quand cette ratification seroit vallable, le Roy comme mineur pourroit toujours reprendre son Domaine par la raison de la Loy, si in empt. ff. de minoribus, quod majorum ejus fuisset.

L'Abbé. — L'on a fait voir que la transaction estoit auantageuse au Roy, qu'elle ne contient point d'alienation du Domaine, ny par consequent de lesion. Ce qui détruit tout ce qui est icy allegué dans vne cause en laquelle il n'y a pas mesme de demande en cassation de la transaction. Ce qu'on n'a iamais osé entreprendre, parce qu'il n'y a pas le moindre pretexte.

Raisons pour faire voir que la pretenduë possession alleguée par l'Abbé en consequence de la transaction de 1273. est nulle, & ne peut estre considerée. — Les habitans.

Primò, Fin de non recevoir, le droict reside aussi bien en la personne des Religieux que de l'Abbé; cependant les Religieux ne demandent rien, il n'y a que l'Abbé.

L'Abbé. — Il est auantageux à M. l'Abbé d'auoir pour Rapporteur vn tres-habile President du grand Conseil, lequel estant parfaitement instruit des droicts qui resident en la personne des Abbez, condamnera cette proposition, que les habitans ne deuoient pas repeter sans détruire à mesme temps ce qu'ils ont trouvé dans la page 31. & 32. de la premiere réponse de M. l'Abbé, qui leur auoit esté signifiée pour la premiere fois le 7. Iuillet 1667. *a* où il a fait voir que la Seigneurie luy appartenant, & non pas à ses Religieux, c'est à luy à en deffendre les droicts. Ce que les habitans ont eux-mesme reconnu, quand ils l'ont fait assigner au Conseil, sans y appeller les Religieux.

a Cette mesme réponse leur a esté signifiée pour la 2. fois, le 6. Septembre 1667.

Les habitans. Preuue de cette propositiõ. — *La transaction de 1273. porte que l'infeodation estoit faite à l'Abbé & Conuent nomine collectiuo, comme tous faisans & composans vn seul corps. Si bien que l'Abbé qui n'a esté mis que ratione dignitatis dans ladite transaction auec le Conuent, n'a pas pû posseder luy seul ladite Seigneurie, quod enim debetur aliquibus vt vniuersis, singulis non debetur. La ratification de la susdite transaction faite par le Roy Philippes III. est pareillement faite en faueur de l'Abbé & du Monastere, & receuë capitulairement par tout le corps des Religieux Conuocatis & congregatis in capitulo.*

L'Abbé. — L'Abbé a encore satisfait à cette objection dans sa premiere réponse page 31. & 32. *b* quand il a montré que cette transaction n'a point empesché la separation des biens entre l'Abbé & les Religieux, & qu'il n'ait eu en partage la Seigneurie du lieu, laquelle ayant tousiours esté possedée par l'Abbé, le Conuent n'a pas creu que ce fut vne alienation & vne disposition du bien qui a esté destiné pour l'Abbé & les Religieux; comme l'Abbé ne pretend pas que son Eglise ait perdu ce qui est escheu en partage aux religieux.

b Elle leur a esté signifiée pour la secõde fois le 6. Septembre 1667.

Quand les religieux auroient quelque droict sur la Seigneurie, ce qu'ils ne pretendent pas, ce ne seroit pas vne bonne deffence en la bouche des habitans, d'opposer le droict d'vn tiers à M. l'Abbé, qui est d'accord auec ses religieux.

Les habitans. *Cependant dans la procedure faite par Fabry Commissaire en 1557. le Monastere a dit, que la transaction de 1273. n'auoit point eu d'effet & qu'il ne pretendoit rien à ladite Seigneurie: Et en effet lesdits Religieux ont reconnu capitulairement toutes les terres du Monastere releuer du Roy par la reconnoissance faite à feu M. le Prince de Condé engagiste, produite au procez, d'où il s'ensuit de dire que l'Abbé ne peut estre receu à demander aucun droit sur icelle, parce qu'il doit tenir ce qui a esté fait par le Conuent l. quod major ff. ad municip.*

L'Abbé. Il n'est pas veritable que les religieux ayent dit dans le procez verbal de Fabry de 1557. que la transaction n'auoit point eu d'effet; Ils dirent seulement, *qu'ils n'auoient iamais iouy ny possedé la jurisdiction haute, moyenne & basse, & pontanage, ains que c'auoit esté l'Abbé.* Ce qui sert pour conseruer le droict de l'Abbé à l'égard de la Seigneurie, & de tous les droicts Seigneuriaux qui en dependent.

Il n'est pas non plus veritable que les religieux ayent reconnu capitulairement que toutes leurs terres releuoient du Roy. Au contraire, l'vn d'eux ayant fait vne reconnoissance de quelque lopin de terre, en excepta la Seigneurie, & ce qui regardoit M. l'Abbé, en ces termes qui sont rapportez dans la premiere réponse page 33. *sans préjudice des droicts Seigneuriaux appartenans à M. l'Abbé, comme releuant de sa directe.*

C'est encore vne fausse maxime de dire qu'vn Abbé qui a sa manse separée des religieux, est obligé de tenir ce qui est resolu à la pluralité des voix dans le Monastere. Il n'est pas question d'aucune deliberation de cette qualité entre les parties. C'est pourquoy on ne s'arrestera pas à refuter cette proposition.

Les habitans. *Secundò, Le Domaine du Roy est inalienable, il est par consequent imprescriptible, parce que la prescription est vne alienation. Et sur ce fondement, cette pretenduë possession alleguée par l'Abbé ne luy peut acquerir prescription contre le Roy. C'est le sentiment de tous les Docteurs, Ferrerius Aduocat de Tolose sur la question 416. de Guy Pap. Charondas dans ces Pandectes l. 2. ch. 22. & d'Argentré sur la Coustume de Bretagne titre des appropriemens, art. 283. gloss. 1. n. 9. Et il en donne cette raison, qu'on est fondé en l'interest public, & que praescriptio iuri publico obesse non potest, l. 6. cod. de operibus publicis.*

Objection de l'Abbé. *L'opinion de Bacquet qui est du sentiment de la prescription centenaire contre les droits domaniaux.*

Réponce des habitans. *Bacquet n'est pas suiuy dans son opinion particulierement au Parlement de Tolose dans le ressort duquel la Seigneurie en question est assise. Et d'ailleurs son aduis est détruit par les Ordonnances, notamment par celle de François premier de l'année 1533.*

L'Abbé. M. l'Abbé n'a point allegué de prescription contre le Roy, non plus que le Roy n'en peut pas alleguer legitimement contre luy. On ne disconuient pas que le Domaine ne soit inalienable (quoy que l'on pourroit soustenir qu'au temps de la transaction il pouuoit estre aliené à perpetuité en faueur de l'Eglise, dont M. l'Abbé auroit pû tirer de grands auantages, si la Seigneurie de S. Tibery auoit esté du Domaine de la Couronne au temps que la transaction fut faite.) Mais comme elle n'en a iamais esté, il est superflu de s'attacher à cette question touchant l'alienation & la prescription du Domaine, & d'examiner si le sentiment de Bacquet est suiuy ou non dans le ressort du Parlement de Tolose.

Les habitans. *Mais quand il faudroit s'en tenir à l'aduis de Bacquet, il y a vne circonstance sur le faict de la pretenduë possession de l'Abbé, qui milite entierement contre sa pretention, dans le sens mesme de cét Autheur, lequel fait cette exception, ce qui se doit entendre, dit-il, pourueu que le titre ne soit contraire à la possession, citant sur ce sujet le chapitre dudum extra de decimis, où il est decidé, que quelque possession qu'on puisse auoir si le titre est nul & inualide, l'on ne peut iamais prescrire: Or au cas present l'Abbé rapportant toute sa pretenduë possession à ladite transaction de 1273. Et cette transaction ayant toutes les nullitez cy-dessus remarquées; il est aisé de conclure que cette possession est inutile pour acquerir prescription contre le Roy.*

C'est le sentiment de du Moulin & de Loyseau au traitè des Seigneuries, ch. 4. n. 75. où ce dernier dit que lors qu'il appert d'vn titre vicieux & abusif, la possession est inutile pour si ancienne qu'elle puisse estre. Et la possession d'vn titre nul détruit entierement l'effet qu'auroit pû produire vne longue possession, à primo die enim tituli posterior formatur euentus. Apres quoy cét Autheur conseille de s'en tenir à l'aduis de du Moulin, qui est que Melius est non ostendere titulum, quam exhibere vitiosum.

L'Abbé.

Il a esté monstré que M. l'Abbé n'a point opposé de prescription contre le Roy, & qu'il n'a iamais pretendu tirer auantage du sentiment de Bacquet sur cette matiere. L'on conuient mesme qu'il seroit inutile d'alleguer la possession quelque longue qu'elle fust si elle estoit combatuë par le titre primordial. Ce qui fait contre les habitans, lesquels voulans tirer auantage de la possession du Roy, rapportent à mesme temps le titre de cette possession qui est la saisie qu'ils firent faire en 1557. sur le fondement d'vn engagement de 1315. de la Iustice d'Appeaux, & la soûmission que les Consuls firent de rendre les fruits saisis à celuy à qui la Seigneurie seroit adjugée. Laquelle saisie empesche de soy la prescription, & conserue le droict de l'Abbaye, quand la possession du saisissant dureroit mil ans. Ce qu'on ne peut pas dire des titres de l'Abbé qui sont tres-legitimes.

Les habitans.

Cette cause estant expliquée dans toutes ses circonstances il n'y peut auoir de difficulté de maintenir le Roy dans le droict qu'il a sur la Iustice & Seigneurie de saint Tibery, & de condamner la pretention de l'Abbé auec despens.

L'Abbé.

Puis que le Conseil voit par l'exacte explication qui luy a esté faite de toutes les circonstances de cette cause, & sur tout par les actes produits au procez, que l'Abbaye de saint Tibery estoit en possession de la Seigneurie du lieu long-temps auant la conqueste du Languedoc faite sous l'autorité de Philippes Auguste par Simon de Montfort; qu'elle n'a iamais fait partie du Vicomté de Beziers; que les Abbez en iouïssoient du temps de Trincauel, Simon de Montfort, Loüis VIII. & des autres Roys de France, iusques à la saisie faite en 1557. qui n'a iamais esté iugée, & sur laquelle le Conseil doit presentement prononcer; que Trincauel & Simon de Montfort apres luy ne prenoient dans saint Tibery que la leude-mage, ou de trauerse, pendant que les Abbez en qualité de Seigneurs iouïssoient de la petite & de tous les autres droicts Seigneuriaux; & que la Seigneurie n'a iamais esté engagée aux Abbez, soit par Trincauel, comme le supposoient les Officiers du Roy en 1272. à l'égard de la Iustice haute; soit de la part de Hugues Morel Commissaire du Roy en 1315. comme le supposerent les habitans, quand ils se pourueurent au Conseil en 1555. 56. & 57. pour faire saisir la Seigneurie, soûtenant que les Abbez l'auoient vsurpée sur le Domaine du Roy, sous pretexte d'vn engagement qu'ils disoient que ce Commissaire en auoit fait à l'vn d'eux.

Et estant aussi iustifié que les habitans ont tousiours reconnu les Abbez pour leurs Seigneurs legitimes, leur ayant payé les lots & ventes, & autres redeuances Seigneurialles en 1126. 1138. 1146. 1503. 1510. 1513. 1545. 1588. & 1630. & tousjours regulierement auant la transaction de 1273. & la saisie de 1557. que les Consuls du lieu prestoient le serment de fidelité entre les mains des Abbez en qualité de Seigneurs du lieu; que ces habitans ont entrepris de faire perdre cette Seigneurie à l'Eglise durant les guerres de la Religion dont la pluspart d'eux faisoient profession, apres auoir vsurpé presque tous les droicts Seigneuriaux qu'ils possedent encore sans auoir osé representer les titres en vertu desquels ils les iouïssent, quoy qu'ils ayent esté sommez de les representer deuant M. de Pommereu par diuers actes qui leurs ont esté signifiez, tant à la requeste du sieur Bonier, que de M. l'Abbé, parce qu'ils sont persuadez qu'ils n'en ont point de legitimes; & que soustenant, comme ils font, que la Seigneurie appartient au Roy, ils ne sçauroient iustifier leur possession de la meilleure partie de cette Seigneurie, sans rapporter vn titre du Roy. Ce qu'ils ne sçauroient faire; n'y ayant point de Roy qui ait disposé ny pû disposer des droicts Seigneuriaux dont les habitans iouïssent, parce que la Seigneurie ne leur a iamais appartenu. Et qu'à l'égard des Abbez, ils n'ont pas pû non plus demembrer, ny aliener partie de la Seigneurie au préjudice de l'Eglise; Et quand il se trouueroit que quelqu'vn d'eux l'auroit fait, outre que l'acte seroit nul, les habitans s'estans rendus indignes de cette liberalité, qu'on pourroit plûtost appeller dissipation du bien de l'Eglise, ils en seroient priuez par l'infidelité qu'ils ont commise contre leurs Seigneurs.

Quand donc le Conseil aura veu la mauuaise foy de ces habitans qui detiennent la meilleure partie de la Seigneurie de saint Tibery sans titre, & qui ont fait saisir l'autre d'autorité du Conseil, s'estans engagez de prouuer qu'elle auoit esté vsurpée sur le Domaine du Roy. Ce qu'ils n'ont pû iustifier pendant plus d'vn siecle qu'a duré cette saisie, n'entrera-il pas dans vne iuste indignation contre ces habitans qui ont priué l'Eglise & les pauures de saint Tibery d'vn reuenu considerable depuis la saisie, & qui ont pour cela abusé de l'autorité du Roy & du Conseil, qu'ils ont fait seruir à leur passion & à leur interest, mesme apres que leur pretention a esté condamnée au Conseil de feu M. le Prince de Conty, qui adjugea la Seigneurie à M. l'Abbé sur les productions respectiues des parties, qui n'estoient pas neantmoins si fortes, de la part de M. l'Abbé, qu'elles le sont presentement, ayant depuis recouuert beaucoup de pieces qu'il n'auoit pas pour lors, de laquelle condemnation prononcée au Conseil de feu M. le Prince de Conty, les habitans n'ont pas disconuenu, dans tout le procez où il en a esté parlé diuerses fois. Ce qui doit faire declarer la saisie injurieuse, auec restitution de fruits, despens, dommages & interests, puis qu'elle a esté faite sur ce fondement qui se trouue faux & contraire aux actes dont les habitans se seruent, lesquels ayans requis cette saisie, & s'estans soûmis de rendre les fruits à qui la Seigneurie sera adjugée, ne pourront pas se plaindre raisonnablement de la condamnation qui interuiendra, laquelle ne sçauroit estre trop seuere contre de si perfides Vassaux.

Monsieur de POMEREV, *Rapporteur.*

M. CORNIER Ad. de M. l'Abbé. *M. BAVDOVIN Ad. des Habitans.*

ACTE QVI IVSTIFIE QV'IL Y AVOIT DES SEIGNEVRIES en alleu dans le 13. siecle, cet acte est employé dans les Saluations du sieur Abbé, signifiées le 13. Iuillet 1667. & dans sa seconde réponse au Factum des habitans, pag.

MAnifestum sit omnibus præsentibus & futuris, quod anno Domini 1239. 1239.
5. Id. Apr. regnante Domino Friderico II. Rom. Imp. Nos Ademarius Comes Valantinus coram Domino Raymundo Dei gratia Comite Tholosæ, Marchione Prouinciæ, in verbo veritatis asserimus, confitemur, & recognoscimus, nostrum allodium esse, Castrum de Bais, cum tenemento & territorio & pertinentijs suis, & omnia Castra infrascripta, quæ pleno proprietatis ad nos pertinent iure & ad manum nostram tenemus, & ea quæ à nobis tenentur in feudum, & iuris majoris dominij ad nos spectant, similiter esse nostra allodia, & nullum de illis tenere in feudum, vel alio iure, ab aliquo domino temporali. Videlicet Castrum S. Albani, cum tenemento & territorio & pertinentijs suis. Item Castrum Tornon, & Priuas, & Boloinna, & Elyer, & Durfort, & Lacum, & Scriner, & S. Fortunatum. Item dominationes de Pousino, videlicet dominationes quas habemus in Castro dicti Pouzini, tenemento, & territorio, & pertinentijs suis, & Cassucij, & Lagorsa, & S. Andeoli, & Castri Vassaudi, & Aiahon, & Don, & Mezelac, & Montagut, & Raphael, & Corbeyra, & Brion, & Chalar, & Castrum S. Agripæ. Ad hæc nos præfatus Comes Valantinus, de nostra mera & spontanea voluntate, nec dolo, nec fraude, nec aliqua machinatione inducti, recipimus in feudum francum à vobis præfato Raymundo domino Comite Tholosæ consanguineo nostro, sine requisitione vestra, prædictum Castrum de Bays, & omnia alia Castra præscripta, & Villas cum tenemento & territorio, & pertinentijs suis, quæ ad manum nostram tenemus, & ad nos pertinent pleno iure proprietatis, excepta medietate tenementi Castri de Elyer, quam ab alio domino tenemus, & dominationes aliorum Castrorum & Villarum suprascriptorum, quæ à nobis in feudum tenentur, & iure majoris dominij ad nos spectant, & omnia alia Castra & Villas & iura ad nos pertinentia vltra Rodanum constituta, quæ ab alio domino non tenemus. Donantes vobis & successoribus vestris in perpetuum donatione simplici inter viuos & solemniter insinuata, firma & irreuocabili, & in perpetuum duratura, majus & directum dominium in omnibus Castris & Villis & dominationibus prædictis. Tradentes vobis ex causa præfatæ donationis ciuilem possessionem prædictorum Castrorum & Villarum, & prædictarum dominationum: Retento nobis vt vassallo & feudatario vestro vtili dominio & naturali possessione. Pro prædictis igitur feudis, videlicet Castrorum & Villarum, & dominationum prædictarum, cum omnibus pertinentijs suis vt supra dictum est, constituimus nos & successores nostros vassallos & feudatarios vestros esse, & successorum vestrorum. Facientes vobis homagium manibus nostris inter vestras inclusis, promittentes vobis bona fide de prædictis feudis facere pro vobis placitum & guerram. Et pro omnibus feudis supradictis vobis fidelitatem iuramus, sacrosanctis Euangelijs corporaliter tactis, & osculo dato, promittens sub virtute ejusdem iuramenti nos fideliter attendere & seruare omnia, quæ in forma fidelitatis continentur. Renuntiantes specialiter illi iuri seu legi, quæ dicit donationem excedentem summam quingentorum aureorum sine insinuatione non valere, & omni alij iuri scripto & non scripto canonico & ciuili, nobis competenti & competituro, quod nobis prodesse, vobis obesse posset, ad veniendum contra prædicta vel aliquid de prædictis. Nos autem præfatus Comes Tholosæ iura prædictorum feudorum & prædictam donationem recipientes, per nos & successores nostros vobis & successoribus vestris promittimus bona fide dominia prædictorum feudorum conseruare vobis & vniuersali successori vestro,

& ea non alienare in aliquam extraneam personam quæ nobis non succederet, nec aliquem nobis pro dictis feudis majorem dominum constituere sine vestro consilio & assensu. Promittimus etiam per nos & successores nostros, quod vos & iura vestra & successores vestros vt fideles vassallos nostros in perpetuum deffendemus. Acta sunt hæc apud Insulam in Stari Raymunderi Laugerij. Testes interfuerunt rogati, & ad hoc specialiter vocati dominus D. Albiensis Ep. & Vv. Carpent. Ep. & R. Cauell. Ep. & dominus Hugo de Baucio, & dominus Barralis de Baucio, dom. Pon. de Villa noua, dom. Pet. Bermundi de Saluis, do. Pon. Astoaudi, Pet. de Lambisco & Dalm. de Castro nouo, Gi. de Bezauduno, Vgo de Banasta, Math. de Chabrelain, Pon. Cornilan, Vv. de Rocha, Vv. de Gamareto, Odo Albertus Prior de Mirmanda, Genso Dauriprele, Pon. Grimoardi, dom. Gicardus Alamandi, Ermengaudus de Podio, Mag. Ioan. de Auriolo, Mag. Bert. de Seueriaco, Vv. Bertholomei, & Pon. de Corbiera, Clerici. Ad majus autem hujus rei testimonium, & ad perpetuam firmitatem, nos præfati R. Comes Tolosæ & A. Comes Valantinus sigillorum nostrorum & venerabilium Patrum Episcorum prædictorum iussimus, munimine roborari.

ACTE QVI IVSTIFIE QV'IL Y AVOIT DES SEIGNEVRIES en alleu, cet acte est employé dans les Saluations du sieur Abbé, signifiées le 13. Iuillet 1667.

1215. IN nomine Domini nostri Iesu Christi. Amen. Anno Incarnationis ejusdem millesimo decimo quinto, octauo idus Augusti. Notum sit vniuersis præsentes litteras inspecturis, quod ego Raymunda de Castrijs recipio in feudum à vobis & hæredibus vestris Domino Simone Comite Leicestris Domino Montisfortis Dei Prouidentia Bitterrarum & Carcassonæ Vicecomite pro me & meis filijs Raymundo de Castrijs, & Petro Armengaudi omnia iura, quæ habeo apud Podium Loterium & sanctum Petrum, & in terminio Villarum istarum & omnem aliam terram, quam non teneo de alio Domino concedens & promittens vobis, firmiter bona fide, quod ego & prædicti filij mei de vobis & hæredibus vestris tenebimus hæc prædicta & dicti filij mei recipient ista de vobis & hæredibus vestris quando peruenerint ad ætatem & tunc facient vobis homagium de prædictis, quod si forte facere recusarent, Ego tenebor vobis, reddere quinque millia solidorum Melgoriensium pro pœna & hæc omnia me fideliter seruaturam tactis Sacro-sanctis Euangelijs iuraui, & nos Simon Comes Leycestris Dominus Montisfortis Dei prouidentia Bitterrarum & Carcassonæ, Vicecomes vobis Dominæ Raymundæ, & filijs vestris concedimus in feudum, prædicta omnia sicut superius est expressum, promittentes vobis & dictis filijs vestris, quod erimus vobis, & ipsis boni domini, & fideles nec feudum istud alicui tradenius vel dabimus nisi hæredi nostro, qui erit Vicecomes Bitterrarum, nec alium mediatorem Ponemus nos vel hæredes nostri inter te vel hæredes tuos, nisi illum. Qui erit Vicecomes Bitterrarum ad majorem autem hujus rei securitatem duo instrumenta per alphabetum diuisa facimus inde fieri, quorum alterum sigilli nostri munimine fecimus sigillari, dicta verò Raymunda, quia sigillum non habebat sigillo venerabilis Patris Domini A. Lectoriensis electi, & P. Amelij Sacristæ Bitterrensis fecit alterum sigillari. Actum apud Bitterras anno & die quo supra per manum Clarini Cancellarij ipsius Comitis, testes Dominus A. Electus Lectoriensis, P. Amelij Sacrista Bitterarum, qui ad petitionem dictæ Dominæ siglla sua apposuerunt huic Cartæ, Stephanus de Ceruiano, & Stephanus filius eius, Petrus de Rochafiche, Poncius de Olarga, & Clarinus Cancellarius supradictus.

Cette seconde reponse a esté signifiée aux habitans le XII Sep^bre 1667

www.ingramcontent.com/pod-product-compliance
Lightning Source LLC
Chambersburg PA
CBHW061520170626
46811CB00004B/1774

9782011281890